Geschichten von Nasreddin Hodscha

Spaß am Lesen Verlag
E-Mail: info@spassamlesenverlag.de
Website: www.spassamlesenverlag.de

Der Spaß am Lesen Verlag gibt leicht lesbare Zeitungen, Bücher und informative Broschüren heraus. Mit diesen Ausgaben soll die Fähigkeit des Lesers zur Selbsthilfe gefördert werden.
Sämtliche Veröffentlichungen des Spaß am Lesen Verlags zeichnen sich durch leicht verständlichen Sprachgebrauch und deutliche Gestaltung aus.

Die Geschichten in diesem Buch wurden mündlich überliefert. Schon seit Jahrhunderten erzählen Menschen die Geschichten von Nasreddin Hodscha.

Dieses Buch erscheint in der Reihe *Volkserzählungen*.

Verfasser: Remke van Veelen
Deutsche Übersetzung: Bettina Stoll Translations
Gestaltung: Hans Jansens / Nicolet Oost Lievense
Illustrationen: Thomson Digital
Druck: Easy-to-Read Publications, Estland

ISBN 978-3-9813270-1-4

Geschichten von

Nasreddin Hodscha

Spaß am Lesen Verlag

Die Hauptfigur in diesem Buch
heißt Nasreddin Hodscha.
In diesen Geschichten wird er
meistens einfach „der Hodscha“
genannt, um das Buch
leichter lesbar zu machen.

Inhalt

Einleitung

Nasreddin Hodscha kommt aus der Türkei.
Aus dem Dorf Akschehir.
Dort lebte er vor hunderten von Jahren,
im 13. Jahrhundert.
Der Hodscha war ein wichtiger Heiliger.
Er hatte seine eigene Moschee,
wo er fast jede Woche eine Predigt hielt.

Hodscha wird auf Türkisch
‚hoça' geschrieben.
Hoça ist das Wort für Lehrer.
Und genau das war der Hodscha, ein Lehrer.
Aber ein ungewöhnlicher Lehrer.
Fragen beantwortete der Hodscha
am liebsten mit Fragen.
Probleme löste er, indem er erst
noch mehr Probleme verursachte.
Und zwischendurch machte er viele Witze.

Doch letztendlich sorgte er dafür,
dass alles gut endete.
Und deshalb liebten alle den Hodscha.

Immer noch ist der Hodscha
für viele Menschen ein besonderer Mann.
Nicht nur in der Türkei werden
noch viele Geschichten über ihn erzählt.
Auch in allen anderen Ländern
im Nahen Osten.

1. Der Mond

Als Kind heißt Nasreddin Hodscha
noch nicht Hodscha.
Er heißt einfach Nasreddin.
Nasreddin muss fast jeden Tag in die Schule.
In die kleine, alte Schule bei der Moschee.
Sein Lehrer ist streng.
Wie alle Lehrer damals.
Der Lehrer schlägt die Kinder,
wenn sie etwas falsch machen.
Diese Strafe wird „Falaka“ genannt.
Die Kinder müssen dabei
auf dem Rücken liegen.
Und Schuhe und Strümpfe ausziehen.
Mit einem Zweig schlägt der Lehrer
hart auf die Fußsohlen.
Das tut sehr weh.
Das Holz schneidet in die Füße.
Die Fußsohlen brennen wie Feuer.

In der Schule gibt es keine Bänke oder Stühle.
Die Kinder sitzen auf einem Teppich
auf dem Boden.
Sie lernen Suren zu singen.

Suren sind Stücke aus dem Koran.
Es wird auch Literatur
und Poesie unterrichtet.
Und sogar Sternkunde.

Nasreddin erzählt während des
Sternkunde-Unterrichts über den Mond:
„Gestern musste ich Wasser holen.
Aber was sehe ich da?
Den Mond! Er ist in den Brunnen gefallen!
Zum Glück liegt dort ein langes Seil.
Ich nehme das Seil und werfe es
dem Mond zu.

‚Halt dich gut fest,
dann zieh´ ich dich heraus!', rufe ich ihm zu.
Der Mond ist sehr schwer.
Ich ziehe.
Endlich kommt der Mond nach oben.
Ich ziehe aber so stark am Seil,
dass ich umfalle.
Ich falle auf den Rücken.
Und wisst ihr, was ich dann sehe?
Den Mond! Der Mond ist wieder am Himmel!

Ich habe es geschafft,
ich habe den Mond aus dem Wasser geholt!
Der Mond sagt ‚Danke'.
Er schämt sich, weil er so dumm war.
Deshalb versteckt er sich hinter einer Wolke."

2. Die Strafe

Nasreddin geht jeden Tag zur Schule.
Er passt gut auf.
Eines Tages fragt ihn der Lehrer:
„Nasreddin, was ist wichtiger:
die Sonne oder der Mond?“
„Der Mond“, antwortet Nasreddin sofort.
„Die Sonne geht tagsüber auf,
wenn es hell ist.
Das ist einfach.
Aber der Mond geht nachts auf,
wenn es dunkel ist.
Und das ist viel schwieriger.
Wir haben Angst im Dunkeln,
weil man nichts sieht.

Wir haben Angst,
dass es immer dunkel bleibt.
Aber dann geht plötzlich der Mond auf.
Der Mond scheint hell,
und unsere Angst ist weg.
Wir wissen dann, dass es zuerst dunkel ist
und dann hell wird.
Der Mond gibt uns Hoffnung.

Manchmal ist das Leben auch dunkel
und schwierig.
Aber es kann immer wieder hell werden."

Der Unterricht über den Mond geht weiter.
Der Lehrer fragt:
„Jeden Monat gibt es einen neuen Mond.
Aber was passiert mit dem alten Mond?"

Nasreddin weiß es.
„Allah wirft nie etwas weg. Er ist sparsam.
Er bricht den alten Mond in Stücke.
Die Stücke wirft er in die Luft.
Deshalb sehen wir all die Lichter im Dunkeln.
Das sind die Sterne."

Dem Lehrer gefällt diese Geschichte.
Aber natürlich stimmt sie nicht.
Der Mond bleibt der Mond.
Wir sehen ihn nur nicht mehr.

„Du musst etwas lernen", sagt der Lehrer.
„Nicht immer Geschichten erzählen!"
Und dann bekommt Nasreddin
die Falaka-Strafe.

Es tut furchtbar weh.
Nasreddins Füße brennen wie Feuer.
Wütend sagt er:
„Nur dumme Menschen glauben,
dass man mit Schlägen besser lernt.
Ein Herz brennt, weil es lernen will.
Aber wenn die Füße brennen,
wollen sie nur kaltes Wasser."

3. Probleme

Mit zehn Jahren will Nasreddin
seinem Vater nicht mehr gehorchen.
Wenn ihm sein Vater etwas sagt,
macht er genau das Gegenteil.
Der Vater sagt zum Beispiel:
„Zieh dir die Schuhe an!".
Dann zieht Nasreddin die Schuhe aus.
Oder der Vater sagt: „Geh hinüber zum
Nachbarn!"
Dann bleibt Nasreddin zu Hause.
Nasreddin hat oft Streit mit seinem Vater.
Der Vater wird dann sehr böse.
Aber das hilft auch nichts.
Nasreddin tut einfach das, was ihm gefällt.
Und das ist immer das,
was sein Vater nicht will.

Doch Nasreddins Vater ist nicht dumm.
Er denkt:
Ich will, dass Nasreddin zu Hause bleibt.
Also sagt er: „Nasreddin, geh zum Nachbarn
und bitte um einen Topf."
Das tut Nasreddin natürlich nicht.

Er bleibt zu Hause.
Gut, denkt der Vater.
So macht er genau das, was ich will.

Eines Tages holen Vater und Sohn
Mehl bei der Mühle.
Ihre beiden Esel tragen die Säcke,
auf jeder Seite einen.
Nach einer Weile erreichen sie einen Fluss.
Es gibt eine Brücke über den Fluss.
Aber die Brücke kann sie nicht alle tragen.
Also muss einer von ihnen
mit den Eseln durchs Wasser.

Der Fluss ist nicht tief.
Doch der Vater will nicht nass werden.
„Nasreddin, geh du über die Brücke“, sagt er.
„Dann bleibst du trocken.
Ich gehe mit den Eseln durchs Wasser.“

Natürlich tut Nasreddin nicht,
was sein Vater ihm sagt.
Er läuft mit den Eseln durchs Wasser.
Aber einer der Säcke droht herunterzufallen.

„Pass auf, Nasreddin!“, ruft der Vater.
„Du musst den Sack nach unten ziehen.
Sonst fällt er ins Wasser!“
Nasreddin tut zum ersten Mal das,
was sein Vater sagt.
Er zieht den Sack nach unten.
Der Sack Mehl fällt ins Wasser.
„Dummkopf!“, schimpft der Vater.
„Warum machst du das?“

„Vater, du willst doch immer, dass ich tue,
was du sagst?
Jetzt siehst du, was passiert.
Wenn ich immer tue, was du sagst,
bekommen wir beide große Probleme.“

4. Der Hodscha

Nach seiner Schulzeit geht Nasreddin
bei einem alten Lehrmeister in die Lehre.
Der alte Meister wohnt
bei einem heiligen Grab.
Dort liegt ein Heiliger begraben.
Der alte Meister bringt Nasreddin alles bei,
was wichtig ist.
Und eines Tages weiß Nasreddin genug.
Jetzt ist er Hodscha.
So nennen ihn die Menschen auch.
Nicht mehr Nasreddin,
sondern Nasreddin Hodscha.
Der Hodscha braucht jetzt ein eigenes Haus.
Er setzt sich auf seinen Esel und reitet fort.
Schon bald bekommt er Hunger.
Er hat aber kein Geld,
um etwas zu essen zu kaufen.
Unterwegs bittet er die Menschen
um Geld.
Von einigen bekommt etwas Geld.
Aber nie viel.
Der Hodscha kann nicht viel dafür kaufen.
Er hat immer noch Hunger.

Der Esel ist auch hungrig.
Jeden Tag bekommt er
etwas weniger zu fressen.
Eines Tages bekommt das Tier
nur noch einen Löffel Hafer.
Am nächsten Tag ist der Esel tot.
Der Hodscha begreift das nicht.
Warum ist der Esel plötzlich gestorben?
Er ist sehr traurig darüber.
Weinend begräbt er seinen Esel.
Tagelang weint der Hodscha beim Grab.
Die Menschen fragen ihn:
„He, Hodscha, warum weinst du so?"
Der Hodscha zeigt auf das Grab.
„Dort liegt mein allerbester Kamerad
begraben!", jammert er.
Die Menschen denken:
Der Hodscha weint so lange
und so viel um seinen besten Freund.
Sein Freund war sicher eine wichtige Person,
ein Heiliger.

Alle im Land haben viel Respekt
vor toten Heiligen.
Immer mehr Menschen kommen zum Grab.

Und alle geben dem Hodscha Geld, viel Geld.
So wollen sie zeigen, wie viel Respekt sie
vor dem Toten haben.
Nach ein paar Wochen besitzt der Hodscha
sehr viel Geld.
Von diesem Geld baut er
ein richtig schönes Grab.
Mit grünblauen Fliesen.
Jetzt kommen noch viel mehr Menschen.

Sie möchten alle
das wunderschöne Grab sehen.
Das Grab des berühmten Heiligen.
Und so bekommt der Hodscha
noch mehr Geld.
Nach einiger Zeit hat er sogar so viel Geld,
dass er eine Moschee bauen kann.
Und so besitzt der Hodscha eine eigene
Moschee beim Grab des berühmten Heiligen.

5. Das heilige Grab

Der alte Lehrmeister hört bald
von Hodschas Moschee
und dem heiligen Grab.
Er ist neugierig und steigt auf seinen Esel.
Der Meister sieht die Moschee
schon von weitem.
Dort hat sich eine große Menschenmenge
versammelt.
Er bindet seinen Esel an einen Olivenbaum
und läuft zur Moschee.
Im Innenhof befindet sich ein Springbrunnen.
Dort wäscht er seine Füße.
Jetzt kann er die schöne Moschee
des Hodschas betreten.
Der Hodscha sieht seinen Lehrmeister.
Er geht sofort auf ihn zu.
„So, Hodscha", sagt der alte Meister.
„Das hast du gut gemacht!
Du bist wirklich erfolgreich.
Das kann man sehen!"
„Ach", sagt der Hodscha.
„Ich kann nicht klagen.
Allah ist groß!"

Aber dann fragt ihn der Alte:
„Sag mal, Hodscha, wer ist der Heilige
in diesem prächtigen Grab?“

Der Hodscha schaut sich um.
Kann ihn jemand hören?
Nein, zum Glück nicht.
„Das ist mein Esel!“, sagt der Hodscha leise.
Der alte Meister muss lachen.
„Wirklich, dein Esel?“

Doch der Hodscha ist auch neugierig.
„Aber Meister, welcher Heilige
liegt in Ihrem heiligen Grab?“
„Du darfst es niemandem sagen“,
flüstert der Alte.
„Aber in diesem Grab liegt
die Mutter deines Esels!“

6. Die Priester

Eines Tages kommen drei Priester
zum Hodscha.
Es sind Gelehrte aus Europa.
Sie haben gehört,
dass der Hodscha ein weiser Mann ist.
Sie möchten ihm deswegen
einige Fragen stellen.
Die Priester reiten auf Eseln nach Akschehir.
Mitten im Dorf ist ein Dorfplatz.
Dort treffen sie den Hodscha.
Sie begrüßen sich mit viel Respekt.
Dann darf der erste Priester
eine Frage stellen.
„Hodscha, wo ist der Mittelpunkt der Erde?"
Das ist eine einfache Frage,
denkt der Hodscha.
Er sagt: „Das ist nicht schwierig.
Der Mittelpunkt der Erde ist genau
unter dem linken Vorderbein meines Esels."
Der Priester schaut auf das linke Vorderbein
des Esels.
Dort soll der Mittelpunkt der Erde sein?

Wie kann der Hodscha das wissen?
„Hodscha, wie weißt du das?
Kannst du das beweisen?“
„Beweisen?“, sagt der Hodscha.
„Warum muss ich das beweisen?
Ich bin mir ganz sicher.
Aber wenn du Beweise sehen willst, nur zu.
Du kannst es ja nachmessen.“
Tja, das kann der Priester nicht.
Dann ist der zweite Priester an der Reihe.
„Hodscha, wie viele Sterne
leuchten am Himmel?“
„Das ist eine einfache Frage“,
sagt der Hodscha.
„Es gibt genau so viele Sterne am Himmel wie
Haare in der Mähne meines Esels.“
Der Priester glaubt ihm nicht.
„Hodscha, woher weißt Du das?“,
fragt er. „Woher weißt du das?“
„Das ist doch nicht wichtig“,
erwidert der Hodscha.
„Es geht um das Ergebnis.
Aber zähl nur nach, wenn du möchtest.“
„Aber Hodscha,
das geht doch überhaupt nicht!“

„Warum geht das nicht?
Es ist einfach, die Haare in der Mähne
meines Esels zu zählen.
Auf jeden Fall leichter
als die Sterne am Himmel!“

Jetzt ist der dritte Priester an der Reihe.
Er fragt: „Hodscha, wie viele Haare
hat der Schwanz deines Esels?“
„Das weiß ich genau!“, lacht der Hodscha.
„Genau so viel Haare wie dein Bart!“
Auch der dritte Priester will Beweise.
„Hodscha, wie weißt du das?
Wie kannst du das beweisen?“
„Damit fangen wir gleich an, wenn ihr wollt.
Du ziehst ein Haar
aus dem Schwanz meines Esels.
Und ich ziehe ein Haar aus deinem Bart.
Das tun wir so lange,
bis alle Schwanzhaare weg sind.
Besitzt der Esel oder du dann noch ein Haar?
Dann habe ich einen Fehler gemacht.
Dann habe ich mich geirrt.“

7. Die Predigt

Jeden Freitagnachmittag gehen die Männer
aus Akschehir zur Moschee.
Sie beten in der Moschee.
Und nach dem Beten hören sie
der Predigt des Hodschas zu.
Dann erzählt der Hodscha über den Koran.
Das mögen die Männer.
Doch das Predigen gefällt
dem Hodscha nicht.
Es kostet viel Zeit, eine Predigt vorzubereiten.
Und der Hodscha ist ein bisschen faul.
An einem Freitag hat der Hodscha
eine gute Idee.
Er steigt die Stufen zur Kanzel hinauf.
Gleich wird es ganz still in der Moschee.
Alle spitzen die Ohren.
Was wird der Hodscha heute erzählen?
„Liebe Gläubige", fängt der Hodscha an.
„Wisst ihr schon, was ich heute
erzählen werde?"
„Nein", sagen alle Männer in der Moschee.
„Was? Ihr wisst nicht, was ich heute
erzählen werde?

Aber was ich erzähle, ist sehr wichtig!
Also dann werde ich es auch nicht erzählen."
Der Hodscha steigt die Stufen
von der Kanzel hinab.
Wütend verlässt er die Moschee.
Die Männer verstehen nicht.
Was haben sie falsch gemacht?
Sie wissen doch nicht,
was der Hodscha erzählen will?
Am nächsten Freitag steht der Hodscha
wieder auf der Kanzel.
„Liebe Gläubige, wisst ihr schon,
was ich heute erzählen werde?"
Alle Männer wissen jetzt,
dass ‚nein' keine gute Antwort ist.
Darum sagen sie ‚ja'.
„Also wenn ihr es bereits wisst,
dann gehe ich wieder."
Der Hodscha steigt die Stufen hinunter
und verlässt die Moschee.
Jetzt begreifen die Männer
überhaupt nichts mehr.
‚Nein' ist nicht gut, und ‚ja' ist auch nicht gut.
Was sollen sie beim nächsten Mal sagen?

Eine Woche später fragt der Hodscha wieder,
ob die Männer schon wissen,
was er erzählen wird.
Jetzt antwortet die Hälfte mit ‚ja'.
Die andere Hälfte ruft ‚nein'.
„Wunderbar!", ruft der Hodscha
von der Kanzel.
„Die eine Hälfte weiß, was ich sagen werde.
Die andere Hälfte nicht.
Die einen können den anderen also erzählen,
was ich predigen werde.
Dann brauche ich das selbst nicht zu tun!"

8. Regen

Es ist August. Und es ist sehr warm.
Die Sonne brennt schon
den ganzen Monat herunter.
Der Boden ist deshalb sehr trocken.
Nirgends wächst mehr Gras.
Es gibt nichts Grünes mehr.
Die Flüsse sind ausgetrocknet.
Die Brunnen sind leer.
Der Hodscha reitet auf seinem Esel
durch die verdorrte Landschaft.
Er gelangt in ein Dorf.
Dort gibt es kaum noch Wasser.
Alle haben Durst.

Die Menschen im Dorf strömen herbei,
als der Hodscha ankommt.
Sie glauben, dass er ihnen helfen kann.
„Hodscha, heiliger Hodscha, hilf uns!
Bete zu Allah! Bitte ihn um Regen!
Bald werden wir alle verdursten."

Der Hodscha schaut um sich.
„Also gut", sagt er.

„Bringt mir erst einmal eine Schüssel
mit Wasser.“
Das ist einfacher gesagt als getan.
Wo gibt es noch Wasser?

Aus jedem Haus werden
ein paar Tropfen Wasser gebracht.
Die letzten Tropfen.
Schließlich ist die Schüssel voll.

Dann zieht der Hodscha Jacke und Hemd aus.
Das Hemd legt er in die Wasserschüssel.
Er fängt an, es zu waschen.
Bis das Hemd sauber ist
und das Wasser schmutzig.

Alle schauen ihn mit offenem Mund an.
Was soll das? Was macht er da
mit den letzten Tropfen Wasser?
Nimmt der Hodscha den letzten Rest,
um sein Hemd zu waschen?
„Hodscha, was machst du da?
Wir haben wirklich großen Durst.
Und du wäschst deine Kleider?
Im allerletzten Wasser, das wir haben?

Warum tust du das?“
„Nur die Ruhe“, sagt der Hodscha.
„Ich weiß, was ich tue.“
Und der Hodscha wringt sein Hemd aus.
Dann hängt er es zum Trocknen
an die Wäscheleine.
Er hat das Hemd kaum aufgehängt,
da fängt es an zu donnern.
Es donnert und blitzt.
Und dann regnet es!

Die Menschen sind verblüfft.
„Hodscha, wie hast du das gemacht?“
„Ach“, sagt der Hodscha. „Wie immer.
Ich wasche meine Kleider.
Ich hänge sie draußen zum Trocknen auf.
Und jedes Mal fängt es
innerhalb einer Minute an zu regnen.“

9. Reich

In der Nähe des Dorfes Akschehir
liegt ein großer See.
Wenn es warm ist, gehen alle zum See.
In der Nähe des Wassers
kann man es gut aushalten.

Auch der Hodscha hält sich gerne am See auf.
Eines Tages sieht er dort
eine Menschenmenge.
Sie rufen einem Mann im Wasser zu.
Ab und zu verschwindet
der Kopf des Mannes unter Wasser.
Er kann nämlich nicht gut schwimmen.
Und der See ist tief.
„Hilfe! Hilfe!“, ruft er.
Die Menschen am Ufer möchten helfen.
Sie rufen: „Gib uns die Hand!
Dann können wir dich
aus dem Wasser ziehen!“
Aber der Mann streckt die Hand nicht aus.

Der Hodscha sieht zu.
Er kennt den Mann. Er ist reich.

Der Hodscha sagt zu den Menschen am Ufer:
„Lasst mich den Mann
aus dem Wasser holen.
Ich weiß wie.“
Der Hodscha streckt die Hand aus und sagt:
„Na los, fass an! Nimm meine Hand!
Dann zieh´ ich dich aus dem Wasser!“
Der Mann ergreift die Hand des Hodschas.
Klatschnass wird er an Land gezogen.

Niemand versteht, was passiert ist.
„Hodscha, wir rufen schon die ganze Zeit,
dass er uns die Hand geben soll.
Aber er wollte nicht.
Wie kommt es, dass er dir die Hand gibt?“

„Tja“, sagt der Hodscha.
„Wisst ihr, ich kenne diesen Mann
schon lange.
Er ist sehr reich.

Wenn man zu ihm sagt ‚gib mir die Hand‘,
dann tut er das nicht.
Denn reiche Menschen geben nicht.
Sie nehmen.

So sind sie auch reich geworden.
Durch das Nehmen.
Also rufe ich nicht ‚gib mir die Hand!'.
Sondern ‚nimm meine Hand!'."

10. Die Frau

Eines Tages ist es endlich so weit.
Der Hodscha bekommt eine Frau.
Er hat sie noch nicht gesehen.
Aber er macht sich allerlei Gedanken über sie.
Kann sie gut kochen?
Wird sie lieb und nett sein?
Aber vor allem: Ist sie schön?

Der Hodscha stellt sich vor,
wie er neben ihr aufwacht.
Neben seiner schönen, neuen Frau.
Er stellt sich vor, wie er sie betrachtet.
Ihr schönes Gesicht.
Und ihren schönen Körper.

Am Hochzeitstag sieht er seine Frau
zum ersten Mal.
Aber er sieht ihr Gesicht noch nicht.
Sie trägt nämlich einen Schleier.
In der Hochzeitsnacht sind sie endlich allein.
Dem Hodscha klopft das Herz.
Endlich hat er eine Frau!
Vorsichtig hebt er den Schleier ein wenig.

Aber rasch lässt er den Schleier wieder los.

Am nächsten Tag steht seine neue Frau
früh auf.
Sie singt, während sie Kaffee kocht.
Dann frühstücken sie zusammen.
Sie essen weißen Käse und schwarze Oliven.
Dann fragt die Frau, was jede Frau fragt,
wenn sie verheiratet ist:
„Liebster, wer von deinen Verwandten
und Freunden darf mich
ohne Schleier sehen?“
Der Hodscha denkt:
Wie habe ich diese Frau verdient?
Wie kann eine Frau so hässlich sein?
Er sagt: „Du darfst dein Gesicht allen zeigen.
Aber bitte, nur nicht mir ...“

11. Die Suppe

Die Frau des Hodschas kocht Suppe.
Die Suppe ist sehr heiß.
Und die Frau weiß:
Der Hodscha wird sich wieder beklagen.
Der Hodscha beklagt sich immer
über das Essen.
Einmal ist es zu salzig.
Dann ist es wieder zu süß.
Oder ihm ist das Essen zu trocken.

Jetzt ist die Suppe zu heiß.
Aber die Frau sagt nichts.
Sie lächelt nur ein bisschen.
Ha, gleich nimmt er einen Löffel.
Und dann beschwert er sich wieder.
Und dann hat er recht. Dieses eine Mal.

Sie stellt den Suppentopf auf den Tisch.
Und füllt einen Teller Suppe für den Hodscha.
Dann schöpft sie Suppe für sich selbst.
Sie nimmt einen vollen Löffel
und verbrennt sich die Zunge.
„Au!“

Sie hatte vergessen,
dass die Suppe so kochend heiß ist!
Aber sie sagt nichts.

„Mmmm. Eine gute Suppe“,
sagt sie schließlich.
Ihr laufen die Tränen übers Gesicht.
Der Hodscha schaut sie erstaunt an.
„Du weinst ja!
Was hast du?“
Die Frau antwortet:
„Immer wenn ich diese Suppe koche,
denke ich an meine tote Mutter.
Es war ihre Lieblingssuppe!
Deshalb muss ich weinen …“

Jetzt isst der Hodscha
auch einen Löffel Suppe.
„Au!“
Er hat sich die Zunge verbrannt.
Und die Tränen laufen ihm übers Gesicht.

Seine Frau amüsiert sich.
Ganz lieb fragt sie:
„Aber jetzt weinst du ja auch. Warum denn?

Auch wegen meiner Mutter?“
Der Hodscha schaut seine Frau an.
Die Frau, die ihm kochend heiße Suppe vorsetzt.
„Nein, ich weine nicht um deine Mutter.
Ich weine, weil deine Mutter
dich bei mir gelassen hat!“

12. Der Dieb

Meistens schläft der Hodscha schnell ein.
Aber heute nicht.
Die Nacht ist viel zu warm.
Oder vielleicht hat er zu viel gegessen.
Er liegt wach im Bett.

Schließlich steht er auf.
Er geht hinüber zum Fenster
und schaut hinaus.
In die dunkle Nacht.
Der Mond kommt hinter einer Wolke hervor.
So kann er den Garten erkennen.

Plötzlich zuckt er zusammen.
Draußen bewegt sich etwas.
Geht da jemand durch den Garten?
Ein Geist?
Der Hodscha glaubt nicht an Geister.
Das muss ein Mensch sein.
Aber ein Mensch, mitten in der Nacht?

In seinem Garten?
Das kann nur ein Dieb sein.

Der Hodscha holt schnell Pfeil und Bogen.
Er stellt sich ans Fenster.
Der Dieb ist immer noch da.
Dann spannt er den Bogen und ... sssfffff ...
Der Pfeil fliegt durch die Luft. Getroffen!

Es bewegt sich nichts mehr.
Der Hodscha ist stolz.
Das habe ich gut gemacht, denkt er.
Ich kann wirklich gut schießen!
Der Dieb ist tot.
Jetzt kann der Hodscha endlich schlafen.
Und er schläft tief und fest.

Am nächsten Tag wacht der Hodscha
früh auf.
Er springt aus dem Bett
und läuft in den Garten.
Er ist neugierig, wer der Dieb war.

Draußen sieht er keinen Dieb.
Stattdessen hängt seine Jacke am Baum.

Die Jacke ist mit einem Pfeil
am Baum aufgespießt.
„Mit dem Pfeil, den er nachts
abgeschossen hat.
Ich kann wirklich gut schießen,
denkt der Hodscha.
Zum Glück hatte ich die Jacke nicht an.
Dann wäre ich jetzt tot gewesen!
Er dankt Allah für diese
außergewöhnliche Rettung.

13. Die Lektion

An einem schönen Frühlingstag
geht der Hodscha mit seinem Sohn
in die Stadt.
Der Sohn sitzt auf dem Esel.
Der Hodscha läuft nebenher.

Nach einer Weile begegnen sie
ein paar Bauern.
„Schau dir das mal an!", rufen die Bauern.
„Der Junge hat keinen Respekt
vor seinem Vater.
Er sitzt da auf dem Esel.
Und der alte Vater muss laufen!"
Der Sohn schämt sich.
Er springt vom Esel und sagt:
„Komm, Vater, setz du dich mal auf den Esel.
Ich kann auch laufen."

Und so geschieht es.
Der Hodscha reitet jetzt auf dem Esel.
Und sein Sohn geht neben ihm her.
Nach einer Weile begegnen sie wieder
ein paar Bauern.

„He du, großer Kerl!“, rufen sie.
„Sitzt einfach faul auf dem Esel.
Und der arme Sohn muss laufen.
Schämst du dich nicht?“

Der Hodscha seufzt.
Dann beugt er sich hinunter.
Er greift dem Sohn unter die Arme.
Dann setzt er ihn vor sich auf den Esel.
Der Esel läuft jetzt viel langsamer.
Der Hodscha und sein Sohn
reiten gemütlich dahin.

Kurze Zeit später begegnen sie wieder
ein paar Männern.
„Wie kann man nur!
Zwei Menschen auf einem alten Esel!“
Der Sohn schaut den Vater an.
Was jetzt? Sie schämen sich beide.
„Lass uns absteigen“, sagt der Hodscha.

Der Esel ist erleichtert und läuft froh weiter.
Hinter ihm laufen der Hodscha
und sein Sohn.
Die Füße tun ihnen weh.

So erreichen sie die Stadt.
Sie kommen am Kaffeehaus vorbei.

Draußen vor dem Kaffeehaus
sitzen viele Männer.
Sie sehen den Esel und dann den Hodscha
und seinen Sohn.
Alle brechen in Gelächter aus.
„Das muss man gesehen haben!
Die sind verrückt.
Da läuft ein gesunder, großer Esel.
Aber der Besitzer läuft dahinter.
Wer hat hier eigentlich das Sagen?
Der Esel oder der alte Trottel mit Bart?“
„Mein Sohn“, sagt der Hodscha.
„Die heutige Lektion lautet:
Höre nie auf andere.
Du kannst es doch niemandem
recht machen.
Tu nur das, was du selbst für richtig hältst.“

14. Der Esel

Eines Tages reitet der Hodscha
auf seinem Esel durchs Dorf.
Aber der Hodscha sitzt nicht
wie andere Menschen auf dem Esel.
Er sitzt rücklings.
Er schaut auf das Hinterteil des Esels.

„Hodscha, was machst du da?“,
fragen die Menschen im Dorf.
„Was ich mache? Ich sitze auf meinem Esel“,
sagt der Hodscha.
„Aber Hodscha, warum sitzt du
rücklings auf dem Esel?“
„Sitze ich rücklings auf meinem Esel?
Nein, nein. Das stimmt nicht, ich sitze richtig.
Es liegt am Esel. Er läuft rückwärts.“

Der Hodscha will noch mehr sagen.
Es liegt aber ein Stein im Weg.
Der Esel sieht den Stein nicht
und stolpert über ihn.
Der Hodscha fällt vom Esel.
Alle fangen an zu lachen.

„Das hast du davon!
Du sitzt rücklings auf dem Esel.
Dann siehst du nichts. Und fällst herunter.
Hodscha, was bist du doch für ein Esel!"
Jetzt wird der Hodscha richtig wütend.
„Ich bin nicht dumm. Der Esel ist es!
Der Esel läuft in die falsche Richtung.
Nicht ich!"

15. Die Kerze

Es ist Winter. Und es ist furchtbar kalt.
Draußen liegt viel Schnee.
Jeden Tag schneit es.
Die Schneedecke wird immer dicker.
Die Männer sitzen im Kaffeehaus
rund um den warmen Ofen.
Dennoch haben sie kalte Finger.

Dann kommt der Hodscha herein.
„Ihr tut so, als wäre es kalt!“,
sagt der Hodscha fröhlich.
„Ihr zittert, weil ihr draußen Schnee seht.
Aber die Kälte herrscht nur in eurem Kopf.“
„So, Hodscha, draußen ist es also nicht kalt?“,
sagen die Männer.
„Dann wollen wir mal wetten.
Du setzt dich heute Nacht ohne Kleider
draußen in den Schnee.
Keine Kleider, kein Ofen, kein Feuer.
Nichts um dich zu wärmen.
Wenn du das tust, laden wir dich
zum Essen ein.

Aber wenn dir kalt wird
und du es nicht aushältst,
dann lädst du uns zum Essen ein."
„Gut!", sagt der Hodscha,
„fangt schon mal zu sparen an!"
In der folgenden Nacht
sitzt der Hodscha draußen.
Im Schnee.
Er hat nichts an.
Es ist furchtbar kalt.
Doch der Hodscha bleibt sitzen.
Stunden später geht endlich die Sonne auf.
Schnell geht der Hodscha ins Haus
und kriecht ins warme Bett.

Am Nachmittag kommt der Hodscha
ins Kaffeehaus und sagt:
„Wann bekomme ich mein Essen?
Ich hab´ die ganze Nacht
draußen in der Kälte gesessen."
Niemand glaubt dem Hodscha.
Und der Hodscha kann es nicht beweisen.
Denn niemand hat ihn gesehen.
Es war so schrecklich kalt.
Darum saßen alle in ihrem warmen Haus.

„Hattest du wirklich kein Feuer?
Auch kein kleines?“, fragen die Männer.
„Nein, wirklich nicht“,
antwortet der Hodscha.
„Ich habe nur eine Kerze ans Fenster gestellt.
Denn ich habe Angst im Dunkeln.“
„Eine Kerze!“, sagen die Männer.
„Du hast dich also die ganze Nacht
an der Kerze gewärmt!
Nein, du hast die Wette verloren.
Wir essen heute Abend bei dir.“

„Aber an einer Kerzenflamme
kann man sich doch nicht wärmen!“,
erwidert der Hodscha.
Es hat keinen Zweck.
Der Hodscha steht den Männern
alleine gegenüber.
Heute Abend werden die Männer
zum Essen kommen.

Am Abend öffnet der Hodscha
den Männern die Tür.
Die Männer setzen sich rasch.

Sie reden und lachen und freuen sich
auf das gute Essen.
Aber wo ist der Hodscha?
Der ist draußen.
An zwei Seilen hängt ein großer Topf
mit Essen.
Der Hodscha rührt im Topf.
Unter dem Topf steht eine brennende Kerze.
„Hodscha, was machst du da?“,
fragen die Männer.
„Kochen auf einer Kerzenflamme?
Das dauert ja hundert Jahre!“
„Nein, nein“, sagt der Hodscha.
„Ihr sagt, dass mich in der Nacht
eine Kerzenflamme gewärmt hat.
Kann ein Topf mit Essen dann nicht auch über
einer Kerzenflamme warm werden?“

16. Die Zukunft

Der Hodscha sitzt auf einem Ast.
Der Ast soll weg.
Deshalb sägt ihn der Hodscha ab.
Ali sieht den Hodscha im Baum sitzen
und ruft:
„He, Hodscha, pass auf.
Gleich fällst du mit dem Ast zusammen
herunter!“
Das begreift der Hodscha nicht.
Er sägt weiter am Ast.
Auf einmal fällt der Ast herunter.
Und der Hodscha fällt natürlich auch.
Auf dem Boden sitzend
denkt der Hodscha daran, was Ali gesagt hat.
Ali sagte, er würde herunterfallen.
Kann Ali in die Zukunft schauen?

Der Hodscha steht auf und läuft Ali hinterher.
„Ali, Ali, kannst du in die Zukunft schauen?
Dann weißt du auch,
wann ich sterben werde!“

Ach, denkt Ali, ich kann ja irgendwas sagen:

„Du stirbst, wenn dein Esel
zweimal ‚iah' ruft."

Kurze Zeit später sitzt der Hodscha
wieder auf dem Esel.
Prompt schreit der Esel ‚iah, iah'!
Vor Schreck fällt der Hodscha vom Esel.
Er liegt am Boden
und bewegt sich nicht mehr.
Bald schon sehen Menschen den Hodscha
am Boden liegen.
„Oh je! Das ist ja der Hodscha!
Er bewegt sich nicht mehr!
Er liegt so still da. Ist er vielleicht tot?"
Der Hodscha sagt nichts.
Er glaubt, dass sie recht haben.
Er muss tot sein.
Denn sein Esel hat zweimal ‚iah' geschrien.
Die Menschen schaffen einen Sarg heran.
Sie legen den Hodscha hinein.
Dann tragen sie den Sarg auf den Schultern
ins Dorf.
Nach einiger Zeit fragen sie sich:
Wo wohnt der Hodscha eigentlich genau?
Geht es hier nach rechts oder links, oder ...?

Der Hodscha hört die Stimmen.
Er öffnet den Sarg und sagt:
„Ja, hier nach links."
Die Menschen sind sehr erschrocken.
„Der Tote ist wieder lebendig!"
Sie lassen den Sarg mit dem Hodscha fallen
und rennen schnell weg.
Und der Hodscha?
Der liegt schon wieder auf dem Boden.

17. Der Topf

Der Hodscha hat Hunger.
Er will kochen. Aber er hat keinen Topf.
Er klopft beim Nachbarn an.
„Nachbar, darf ich mir einen Topf ausleihen?“
Der Nachbar sagt:
„Dafür sind wir ja Nachbarn, Hodscha!“
Er gibt dem Hodscha einen großen Topf.
Zwei Tage später bringt er dem Nachbarn den Topf zurück.
Aber im großen Topf befindet sich nun ein kleiner Topf.
„Hodscha, warum gibst du mir diesen kleinen Topf?“, fragt der Nachbar.
„Ich habe dir doch nur einen großen Topf geliehen!“
Der Hodscha sagt:
„Herzlichen Glückwunsch, Nachbar!
Dein Topf hat ein Baby bekommen.
Einen kleinen Topf!“
Das gefällt dem Nachbarn. Er lacht.
Am nächsten Tag hat der Hodscha wieder Hunger.
Er hat aber immer noch keinen Topf.

Wieder klopft er beim Nachbarn an.

„Nachbar, darf ich mir wieder
einen Topf ausleihen?"
„Natürlich", lacht der Nachbar.
Er denkt:
Dann bekomme ich wieder zwei Töpfe.
Dann kann ich bald Töpfe verkaufen!
Aber es gehen Tage vorbei.
Und der Hodscha bringt den Topf
nicht zurück.
Der Nachbar klopft deshalb beim Hodscha
an die Tür.

„Hodscha, du hast meinen Topf ausgeliehen.
Hast du das vergessen?
Ich möchte ihn wiederhaben.
Ich brauche ihn selber."
„Oh, das tut mir leid, Nachbar",
sagt der Hodscha.
„Ich habe schlechte Nachrichten.
Dein Topf ist gestern gestorben."
„Was sagst du? Mein Topf ist gestorben?
Du bist ja verrückt!
Ein Topf kann nicht sterben!"

Darauf sagt der Hodscha: „Du glaubst,
ein Topf kann ein Baby bekommen.
Aber du glaubst nicht, dass ein Topf stirbt?
Das verstehe ich nicht!“

18. Die Wette

Der Esel des Hodscha steht meistens im Stall.
Dort frisst er den ganzen Tag.
Aber irgendjemand muss das Futter
in den Stall bringen.
Eine lästige Aufgabe, findet der Hodscha.

„Ich habe viel zu viel zu tun.
Gib du dem Esel mal eine Karotte“,
sagt der Hodscha zu seiner Frau.
„Auch das noch!“, ruft die Frau.
„Hier im Haus muss ich für alles sorgen.
Kochen, putzen, waschen, einkaufen.
Du machst überhaupt nichts!
Du kannst dich zumindest
um den Esel kümmern!“
„Na ja“, meint der Hodscha.
„So schlimm ist es ja auch wieder nicht.
Weißt du was?
Wir schließen eine Wette ab.
Wer als Erster etwas sagt,
muss für den Esel sorgen.“
Der Hodscha denkt:
Meine Frau redet ständig.

Sie redet in einem fort.
Ich weiß sicher, dass sie als Erste etwas sagt!
„Gut", sagt die Frau.
„Abgemacht. Wer als Erster redet,
sorgt für den Esel."
Der Hodscha und seine Frau
setzen sich einander gegenüber vors Haus.
Sie schweigen.
Die Frau spinnt Wolle zu Garn.
Und der Hodscha starrt vor sich hin.

Nach einer Weile nimmt die Frau die Wolle
und geht zur Nachbarin.
Die Wette gilt nicht bei der Nachbarin.
Also setzt sie sich zur Nachbarin.
Sie plaudert mit ihr und spinnt ihr Garn.
Der Hodscha wartet,
bis seine Frau zurückkommt.
Bald hört er Schritte.
Aber es ist nicht seine Frau.
Es sind zwei Diebe!
Die Diebe erschrecken,
als sie den Hodscha sehen.
Aber der Hodscha sagt gar nichts.
Er sitzt ganz still auf seinem Stuhl.

Daraufhin wagen es die Diebe,
das Haus des Hodschas zu betreten.
Sie werfen alles Mögliche in einen Sack:
Töpfe, Bettlaken, Kleider.
Ab und zu schauen sie durchs Fenster
nach draußen. Und beobachten den Mann,
der so still dasitzt.
Was ist los mit ihm?
Er sitzt da, als wäre er tot.
Als sie fertig sind, gehen sie nach draußen.
Nach ein paar Stunden kommt die Frau
endlich wieder nach Hause.
Sie erschrickt sehr: „Was ist passiert?
Du Schlafmütze, sie haben
das ganze Haus leergeräumt!“
Der Hodscha lacht: „Siehst du, ich wusste es!
Du kannst nicht so lange still sein.
Jetzt habe ich gewonnen.
Du hast als Erste geredet.
Also musst du den Esel füttern!“

19. Das Geheimnis

Der Hodscha liegt unter einem Feigenbaum
faul in der Sonne.
Seinen Turban hat er
über die Augen geschoben.
Damit ihn die Sonne nicht blendet.
Der Himmel ist tiefblau.
Es gibt nur ein paar weiße Wolken.
In der Ferne sieht der Hodscha
Geier über den Bergen.
Sehen die Geier ein totes Pferd
oder vielleicht einen toten Esel?

Des einen Tod, des andern Brot,
denkt der Hodscha.
Er schließt die Augen.
Und träumt von weißen Wolken
am blauen Himmel.
Plötzlich wird er
aus seinen Träumen gerissen.
Kinder rennen um ihn herum.
Eines der Kinder fällt über seine Schuhe.
Mit der Ruhe ist es vorbei!

„Habt ihr keinen Respekt
vor diesem alten Hodscha?", ruft er.
Doch die Kinder lachen, kreischen
und spielen weiter.
Der Hodscha seufzt.
Dann hat er eine Idee.
In der Ferne sieht er ein Haus.
„Kinder!", ruft er fröhlich.
Er klatscht in die Hände.
„Mögt ihr Granatapfelsaft?
Und Zuckermandeln?
Und Aprikosenkompott?"
Die Kinder hören jetzt alle dem Hodscha zu.
„Seht ihr das Haus da in der Ferne?
Mit den gelben Wänden
und dem großen Balkon?
Ich werde euch was erzählen.
Es ist aber ein Geheimnis.
Ihr dürft es niemandem erzählen!"

Natürlich versprechen die Kinder das.
Sie werden es sicher nicht weitererzählen!

„In diesem Haus findet eine Hochzeit statt",
sagt der Hodscha.

„Es gibt ein ganz großes Fest.
Wenn ihr schnell genug rennt,
gibt es noch etwas Leckeres für euch!“

Das braucht der Hodscha den Kindern
nicht zweimal zu sagen.
Alle Kinder rennen zum Haus,
das ihnen der Hodscha gezeigt hat.
Und der Hodscha hat wieder seine Ruhe.
Er lehnt sich wieder gegen den Baum
und sonnt sich.
Aber auf einmal denkt er:
Die Kinder sind gar nicht dumm.
Sie denken alle, dass dort
eine Hochzeit stattfindet.
Vielleicht gibt es wirklich eine Hochzeit!
Und ich stehe mit leeren Händen da!
Bald gibt es nichts mehr!
Der Hodscha rückt seinen Turban zurecht.
Dann rennt er den Kindern hinterher.
Zum Haus in der Ferne.

20. Das Ende

Im Kaffeehaus reden die Männer immer
über wichtige Dinge.
Zum Beispiel über das Ende der Welt.
Wann wird das sein?
Wann geht es mit der Welt zu Ende?
„Es gibt nicht nur ein Ende der Welt“,
sagt der Hodscha.
„Es gibt zwei.
Das große und das kleine Ende.“

Das ist komisch, finden die anderen.
Ein Ende ist ein Ende.
Wie kann es dann ein großes
und ein kleines Ende geben?
Da ist ein großer Unterschied.
Das weiß der Hodscha genau.
„Wenn meine Frau stirbt,
ist das ein kleines Ende.
Aber wenn ich sterbe, ist das ein großes Ende.
Das ist dann das große Ende der Welt.“
„Also wenn du stirbst,
ist das dann das Ende der Welt?“,
will einer der Männer wissen.

„Ja, natürlich“, sagt der Hodscha.
„Für mich hört die Welt dann auf.
Das ist also dann das Ende der Welt.“

21. Das letzte Lächeln

Der Hodscha ist alt und sehr krank.
Seine Frau glaubt, dass er sterben wird.
Sie haben sich immer gestritten.
Aber jetzt ist sie traurig.
Sie hat sich die Haare nicht gekämmt.
Und ihr laufen die Tränen übers Gesicht.

„Aber meine liebe Frau", sagt der Hodscha.
„Warum weinst du so? Ich bin noch nicht tot!
Hör auf zu weinen!"

„Aber Hodscha", schluchzt seine Frau.
„Ich kann doch nicht fröhlich sein,
wenn du stirbst!
Ich liebe dich so sehr.
Was soll ich bloß machen ohne dich?"

Der Hodscha seufzt.
„Wenn du mich wirklich liebst,
musst du etwas für mich tun.
Kämm deine Haare und zieh dir
etwas Schönes an.
Ich weiß, dass der Tod vor der Tür steht.

Aber wenn er hereinkommt und dich sieht ...
Dann denkt er sicher: Warum soll ich
den alten, kranken Mann mitnehmen?

Hier steht eine schöne Frau.
Die nehme ich mit. Das ist viel besser!
Dann nimmt er dich mit. Und ich lebe weiter.
Das wirst du doch für mich tun,
wenn du mich so sehr liebst?“
„Was?“, ruft die Frau wütend.
Sie ist schon so lange
mit dem Hodscha zusammen.
Sie kennt ihn gut.
Doch das hat sie nicht erwartet.
Sie kann aber nicht mehr wütend werden.
Es ist bereits zu spät.
Der Tod ist schon im Haus.
Der Hodscha ist gestorben.
Aber er lächelt noch ein letztes Mal.

22. Die Rettung

Niemand glaubt, dass der Hodscha tot ist.
Alle sterben. Aber der Hodscha?

Ohne den Hodscha ist die Welt
nicht mehr dieselbe.
Die Menschen in Akschehir
sammeln Geld ein.
Sie möchten ein schönes Grab
für den Hodscha bauen lassen.

An einem Freitag kommt der Geist
des Hodschas zum Friedhof.
Er wendet sich an den Friedhofswärter.
„Wärter, schnell, schnell, lauf zur Moschee!
Sag allen, dass sie kommen müssen!
Ich muss ihnen etwas Besonderes
auf meinem Grab zeigen!“

Der Wärter läuft schnell zur Moschee.
Drinnen betet gerade
eine große Gruppe Männer.
Aber beten können sie später noch.
Einen Geist sehen sie nicht so oft!

Deshalb gehen alle mit dem Wärter
zurück zum Friedhof.

Dann stehen sie auf dem Friedhof.
Sie warten, bis etwas passiert.
Aber es passiert nichts.

Die Männer murren.
Hat der Hodscha sich wieder einen
Spaß erlaubt?
Hält er uns nach seinem Tod
auch noch zum Narren?
Sie möchten wieder zur Moschee zurück.
Aber dann hören sie großen Lärm.
Die Erde zittert und bebt.
Das Dach der Moschee stürzt ein.

„Wenn ...“, sagt einer der Männer.
Aber mehr braucht er nicht zu sagen.
Jeder weiß:
Der Hodscha hat das Leben aller Männer
in Akschehir gerettet.